# UN ÉTÉ ABOMINABLE

*Diane Groulx*

# UN ÉTÉ ABOMINABLE

Illustrations de Jocelyne Bouchard

■ **NATURE JEUNESSE** ■

ÉDITIONS
MICHEL
QUINTIN

**Données de catalogage avant publication (Canada)**

Groulx, Diane, 1965-

Un été abominable

(Nature jeunesse ; 17)
Pour les jeunes de 8 à 12 ans.

ISBN 2-89435-161-5

I. Titre.    II. Collection.

PS8563.R765E83 2001    jC843'.54    C2001-940344-5
PS9563.R765E83 2001
PZ23.G76Et 2001

*Révision linguistique :* Monique Herbeuval
*Illustrations :* Jocelyne Bouchard
*Infographie :* Tecni-Chrome

La publication de cet ouvrage a été réalisée grâce au soutien financier de la SODEC et du Conseil des Arts du Canada.

De plus les Éditions Michel Quintin bénéficient de l'aide financière du gouvernement du Canada par l'entremise du Programme d'aide au développement de l'industrie de l'édition (PADIÉ) pour leurs activités d'édition.

ISBN 2-89435-161-5
Dépôt légal - Bibliothèque nationale du Québec, 2001

© Copyright 2001
Éditions Michel Quintin
C.P. 340, Waterloo (Québec)
Canada J0E 2N0
Tél. :    (450) 539-3774
Téléc. :(450) 539-4905
Courriel : mquintin@sympatico.ca

1234567890AGMV54321

Imprimé au Canada

*À mon amie France
qui m'a fait découvrir l'Europe,
les montagnes aux sommets enneigés
et le mal de l'altitude!*

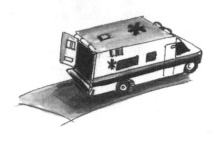

## Chapitre 1
# Ça tourne mal!

Comme mon frère Théo, j'ai les cheveux roux et le corps couvert de taches de rousseur. Et comme lui, je mesure un mètre quarante-cinq et je chausse du huit. On se ressemble beaucoup tous les deux; c'est normal, nous sommes des jumeaux identiques. Théo et moi, nous avons dix ans, mais les adultes nous trouvent tellement «croquables» comme ils disent, qu'ils continuent à nous pincer les joues comme si nous étions encore des bébés. Je déteste ça!

Mais mon vrai gros problème, c'est que je suis très malchanceux. Pour ça, je suis différent de Théo. De temps en temps, j'aimerais bien que mon frère partage cette malchance avec moi. Mais, quand je lui en parle, il se moque de moi :

— Voyons Timothée, tu exagères. Des ennuis, il en arrive à tout le monde, même à moi.

— Ah oui ? Je te défie de me donner un exemple.

Évidemment, il reste muet. Moi, si on me posait la question, j'aurais toute une liste à déballer. Depuis ma naissance, je collectionne les ennuis.

Je suis sûr que c'est à cause de moi que ma mère a tant de cheveux gris. Elle est toujours en train de se demander ce qui va m'arriver. Comme pour repousser la malchance, elle me répète à tout bout de champ :

— Timothée, sois prudent, ne t'excite pas trop.

Et maintenant que mon père nous a inscrits à un camp de vacances Gabrielle, Théo et moi, ma mère se tracasse encore plus. Je suis certain qu'elle aurait préféré me garder à la maison. Mais comme mon père va visiter sa famille en Suisse et que ma mère a toujours beaucoup de travail, c'était la seule solution.

C'est la première fois que nous allons dans un camp d'été. Je suis très excité car je vais pouvoir pratiquer tous les sports que j'aime : la voile, le ski nautique, le tir à l'arc et même l'équitation.

*******

Le dernier jour d'école est enfin arrivé. Vers le milieu de l'après-midi, Théo et moi, on va retrouver nos amis au parc. Ils sont tous là à raconter ce qu'ils vont faire pendant les vacances : Mathieu, le chanceux, passera, comme toujours, son été à la ferme de ses grands-parents; Éloïse, la voyageuse, se rendra à l'autre bout du pays en train; Antoine, le frileux, ira à la mer; et Florence, l'aventurière, partira en croisière en Alaska.

Pour leur montrer que, moi aussi, je vais avoir des vacances hors de l'ordinaire, je me lance dans une démonstration d'équitation. Je grimpe sur le support des balançoires et, comme si j'avais enfourché un cheval sauvage, je me démène dans tous les sens, j'y vais vraiment de tout mon coeur.

Et hop! je fais semblant d'être désarçonné. Soudain, mes mains glissent sur la barre de métal… je perds l'équilibre, je bascule, je tombe! J'entends un horrible double crac quand mes jambes frappent durement un des blocs de ciment.

Il y a un grand silence… j'essaie de bouger et tout d'un coup, j'ai terriblement mal. J'ai tellement mal que je me mets à hurler.

Aussitôt, Antoine se sauve à toutes jambes; Mathieu, la bouche grande ouverte, reste figé sur place; Éloïse crie presque aussi fort que moi en se prenant la tête dans les mains; j'en ai les oreilles qui bourdonnent. Florence s'époumone à donner des ordres que personne n'écoute. C'est effrayant! J'ai mal, terriblement mal et je voudrais pouvoir hurler dix fois plus fort!

Théo s'approche de moi tout doucement.

– Ça fait mal, hein, Timothée? dit-il d'une drôle de voix, en grimaçant.

Je suis incapable de parler. Je pleure, tout secoué de hoquets. J'ai mal au coeur, j'ai le vertige.

– Vite! il faut appeler une ambulance, crie Théo.

Presque au même moment, comme par magie, j'entends une sirène; une ambulance est en route. Quelqu'un a dû appeler le 9-1-1, on va enfin s'occuper de moi. Les gyrophares en action, l'ambulance arrive par le sentier du parc en soulevant un nuage de poussière. Elle s'immobilise près des balançoires; la sirène se tait.

L'ambulancière s'approche rapidement.

– Comment t'appelles-tu, mon garçon? me demande-t-elle d'une voix calme en s'agenouillant.

J'ai du mal à respirer, mais j'arrive quand même à souffler mon nom.

– Que s'est-il passé, Timothée? questionne-t-elle encore.

En retenant mes sanglots, je parviens à dire:

– Je suis tombé... des balançoires... tout en haut...

Elle me palpe doucement en m'expliquant tous ses gestes. Elle relève la tête et échange un regard avec l'autre ambulancier qui vient de dire à mes amis de se reculer. Il retourne à l'ambulance et en sort la civière qu'il amène jusqu'à moi.

– On va faire un petit voyage en ambulance, m'annonce-t-il.

Je l'avais compris! Malgré la chaleur, je suis pris de frissons et je recommence à pleurer en murmurant : « Maman... maman. »

Au moment où je suis hissé dans l'ambulance, comme si elle avait entendu mon appel, ma mère accourt, suivie d'Antoine. En montant à mes côtés, elle crie à Théo de rentrer à la maison et d'attendre mon père.

Les portes de l'ambulance se referment sur nous. Ma mère me tient la main très fort et me caresse les cheveux.

– Courage, mon amour, me dit-elle d'une voix tremblante.

C'est la première fois que je vois couler des larmes sur le visage de ma mère. L'ambulance file, la sirène hurle; je ferme les yeux, épuisé.

En quelques minutes, nous sommes à l'hôpital. Les portes de l'urgence s'ouvrent automatiquement devant nous. Toujours étendu sur la civière dont les roues grincent désagréablement, je regarde défiler les lumières du plafond tandis qu'on me trimbale d'un couloir à l'autre. Ma mère, qui a retrouvé son visage habituel, répond aux questions de l'infirmière qui nous accompagne.

Devant la salle de radiologie, la file d'attente est longue. Mon père nous rejoint et très vite, il s'impatiente. Il marche d'un bout du couloir à l'autre. Je me sens tellement fatigué que je m'endors presque. J'entrouvre à peine les yeux quand je passe enfin à la radio.

En me ramenant auprès de mes parents, le technicien leur demande de le suivre en expliquant :

— Un médecin va lire les radiographies et vous communiquer les résultats. Ce ne sera plus très long maintenant.

Ces paroles me réveillent complètement et j'attends leur retour avec inquiétude.

Ils reviennent auprès de moi en faisant une drôle de tête. Ça y est, ils vont m'annoncer une mauvaise nouvelle, je le sens.

Ma mère m'embrasse, mon père me frotte la tête. On dirait qu'ils ont peur de me parler. Finalement, ma mère se décide :

— Timothée, tu as les deux jambes cassées.

— Mes jambes, les deux ?!!!

Ma mère soupire en faisant signe que oui. Mon père ajoute :

– Tu t'es fracturé le tibia de la jambe gauche et le péroné de la jambe droite. Alors, on va devoir te plâtrer les deux jambes jusqu'aux genoux.

J'expire un bon coup. La malchance a encore frappé !

## Chapitre 2

# Changement de programme

Six semaines! Je vais rester les jambes dans le plâtre pendant six semaines! C'est le temps qu'il faut pour que mes os se ressoudent correctement. D'ici là, je suis totalement immobilisé puisqu'il m'est interdit de m'appuyer sur mes jambes.

Si au moins je ne m'en étais cassé qu'une seule, j'aurais pu me déplacer en béquilles. Qui sait, on m'aurait peut-être même permis d'aller au camp. Seulement voilà, je suis MALCHANCEUX.

Pour qu'on ne soit pas obligé de me transporter tous les soirs à l'étage, mon père a installé mon lit au salon. J'y passe mes jours et mes nuits, c'est devenu mon

17

«lieu de résidence permanent» comme l'appelle mon père pour me faire rire.

Toutes mes affaires sont rangées à ma portée, sur une étagère à roulettes. En première place, il y a la commande à distance que je peux utiliser autant que je veux pour écouter de la musique, regarder la télé ou un film vidéo. Il y a aussi les nouvelles BD offertes par ma mère.

Tout le monde se montre super gentil avec moi, ma soeur Gabrielle m'a même apporté un bouquet de fleurs! Théo, lui, vient de me dessiner un tag super chouette sur mon plâtre de la jambe gauche. Il est vraiment fantastique, mais ça ne me console pas.

Mes vacances sont fichues! Je suis prisonnier; je ne peux pas bouger tout seul. Ma mère doit m'aider pour me laver, pour m'habiller et même pour aller à la toilette! C'est gênant! C'est comme si j'étais redevenu un bébé.

Puisque mon père part bientôt en voyage et qu'elle devra se tirer d'affaire toute seule, ma mère s'entraîne et me porte de mon lit au fauteuil sur lequel je passe mes journées. Elle est devenue experte: une main sous mon dos, l'autre au creux

18

de mes genoux, elle me soulève et me porte comme si je ne pesais pas une tonne.

Les jambes posées sur un tabouret, je reste assis des heures dans ce fauteuil. C'est fatigant ! Par la grande fenêtre en saillie, j'ai une vue imprenable sur… la maison d'en face ! Pour l'instant, elle est vide, mais un agent immobilier est venu enlever la pancarte « À louer ». On va donc bientôt avoir de nouveaux voisins. Je me demande de quel genre ils vont être.

*******

C'est aujourd'hui que Théo et Gabrielle partent pour le camp d'été. Du salon, j'entends leurs voix excitées pendant qu'ils finissent de préparer leurs affaires dans leurs chambres. Les voilà qui dévalent les escaliers. Théo me tend son baladeur en disant :

– Tiens, de toute façon, je n'ai pas le droit de l'emporter.

Gabrielle, son gros feutre noir à la main, s'apprête à son tour à décorer mon plâtre de son horrible chien aux oreilles pendantes qu'elle dessine partout. Pour l'en empêcher, je lui rappelle :

– Non, Gabrielle, tu n'as pas le temps, papa vous attend.

Évidemment, elle est vexée. En me tournant le dos, elle me lance :

– Bon, alors, salut ! Et ne va pas fouiller dans ma chambre, hein !

Tout ça pour se venger parce qu'une fois, je lui ai chipé quelques bobettes pour fabriquer un cerf-volant que Théo et moi on a fait virevolter au-dessus de sa tête et de celle de son petit ami !

Il n'empêche que j'ai le coeur gros en la regardant partir avec mon frère et, quand ma mère met sa main sur mon épaule, mes larmes se mettent à couler toutes seules. Je vais m'ennuyer à mort, tout seul, dans ce salon ! Je vais passer un été ABOMINABLE !

Ma mère essaye de me consoler :

– Voyons, Timothée, sèche tes larmes. On va trouver des choses à faire. Et puis, Gabrielle et Théo ont promis de t'écrire. Ça t'occupera de leur répondre.

– Et qu'est-ce que tu veux que je leur raconte ?

Ma mère soupire, sans plus rien dire. Si au moins je recevais des nouvelles de mon parrain Pierre, ça me désennuierait.

20

Pour le moment, il est en route pour le Népal. C'est dans l'Himalaya. Avec des amis alpinistes, il va faire l'ascension de l'Ama Dablam, une montagne de 6 856 mètres.

Pour mettre toutes les chances de son côté, il s'est entraîné comme pour courir un marathon. D'après lui, ça devrait l'aider à mieux supporter le mal d'altitude. Il m'a expliqué que dès qu'on dépasse les 5 000 mètres – parfois même moins – on souffre du manque d'oxygène : on respire difficilement, on a de terribles maux de tête et, en plus, on a les jambes molles. Parfois, on peut même perdre conscience.

« Mais tout cela n'est rien en comparaison du bonheur que l'on ressent lorsqu'on atteint le sommet », réplique-t-il toujours aux personnes qui lui parlent du danger qu'il y a à « faire de la montagne ».

Je suis fier de l'avoir comme parrain. Lui, il aime me taquiner en disant que je suis son filleul préféré. C'est facile, je suis le seul. Mais je ne le vois pas souvent, car il n'arrête pas de voyager. Il a déjà fait le tour du monde plusieurs fois. Quand il tombe à court d'argent, il travaille comme guide dans les Rocheuses. De cette façon, il ne s'éloigne pas des montagnes qu'il aime tant.

Comme il sait que ça me fait plaisir, il m'envoie des cartes postales des pays qu'il traverse. J'en ai toute une collection que je conserve précieusement dans mon coffre aux trésors. Il y en a de l'Angleterre, de l'Inde, de la Nouvelle-Zélande, du Pérou et de l'Égypte. Elles me donnent l'impression que j'ai fait le tour du monde, moi aussi.

Le retour de mon père me ramène à la réalité. Il entre au salon, tout joyeux :

– Regarde, Timothée, j'ai une surprise pour toi ! Je t'amène de la compagnie.

Il tient bien haut une toute petite cage en plastique dans laquelle est enfermé un oiseau minuscule. Je ne suis pas très emballé. Ce n'est pas comme s'il m'avait offert un chien. J'aurais pu le flatter, lui.

Ma mère, qui essaie toujours d'arranger les choses, me fait remarquer :

– Tu as vu ? Son plumage est multicolore. Il est magnifique, c'est un pinson.

Mais moi, je pense : « Pauvre oiseau ! Toi et moi, on fait une belle paire de prisonniers. Mais je te promets de te rendre

la liberté dès que je serai guéri.» Comme s'il m'avait compris, le pinson se met à chanter gaiement.

*******

Finalement, après avoir beaucoup hésité, mon père a pris l'avion hier soir comme prévu. Ça l'embêtait de nous laisser seuls, ma mère et moi, mais on l'a convaincu qu'on se débrouillerait très bien sans lui. Après tout, ça fait une bonne semaine que ma mère s'entraîne.

Ça me rend malade de rester enfermé. Tout le monde profite du beau temps, sauf moi. Je n'ai pas reçu une seule lettre de Théo ni de Gabrielle. Ils doivent s'amuser comme des fous au camp d'été. En pensant à tout ce que je manque, je deviens de plus en plus grognon. C'est une chose que ma mère n'aime pas beaucoup.

– Tu devrais prendre exemple sur ton oiseau, me conseille-t-elle, il est toujours gai, lui.

C'est vrai qu'il chante à longueur de journée, c'en est même fatigant. De découragement, les larmes me montent aux yeux. Ma mère se radoucit et me propose :

– Si tu veux, en fin d'après-midi, on pourra jouer aux cartes tous les deux. Mais là, il faut que je travaille, j'ai pris du retard.

Ma mère est notaire et son bureau se trouve au sous-sol. C'est là qu'elle reçoit ses clients. Après leur départ, elle rédige des textes remplis de phrases tarabiscotées et de termes compliqués. Soudain, je me sens un peu coupable, car ce n'est pas très drôle pour ma mère non plus. Elle passe beaucoup de temps à s'occuper de moi. Ma malchance lui complique la vie.

Il ne me reste plus qu'à regarder par la fenêtre pour faire passer le temps. C'est rendu que je connais par coeur toutes les allées et venues des gens du quartier. Le matin, à part le passage du facteur et de quelques livreurs, c'est tranquille. En début d'après-midi, les enfants du voisinage se rendent à la piscine toute proche en faisant flotter leurs serviettes au-dessus de leurs têtes. Je les suis des yeux avec envie. Ensuite, il y a monsieur Poitras qui sort promener son vieux chien, qui est aussi laid que celui des dessins de Gabrielle.

Tiens, revoilà l'agent immobilier. Il sort de sa voiture et marche de long en large sur le trottoir, comme s'il attendait quelqu'un. Je guette avec lui, je n'ai rien d'autre à faire.

Quelques minutes plus tard, un gros camion de déménagement vient se garer dans l'allée de la maison d'en face. L'agent immobilier ouvre la porte aux déménageurs qui se mettent aussitôt au travail.

## Chapitre 3
# Drôle de moineau

**M**a mère sirote son café du matin près de moi. Encore un peu endormis tous les deux, nous regardons par la fenêtre sans rien dire. La camionnette de la poste, qui vient d'entrer dans notre rue, s'arrête devant chez nous. Je me redresse dans mon fauteuil. Le facteur prend un colis à l'arrière puis se dirige vers notre porte. Il n'a pas le temps de sonner que ma mère lui ouvre.

Elle revient au salon en s'écriant:

– C'est pour toi! De ton parrain!

Vite, j'ouvre la boîte et j'en sors... des jumelles!

– Ouah! regarde ça, maman, des jumelles! C'est super!

Aussi épatée que moi, elle me demande :

– Il n'y a pas un mot d'accompagnement ?

Je n'avais pas vu la carte postale au fond de la boîte. Elle représente un yéti, sur une montagne enneigée. C'est l'abominable homme des neiges ! Mon parrain Pierre m'a beaucoup parlé de cet animal mystérieux. Il y a des gens qui croient à son existence, d'autres disent que ce n'est qu'une légende.

Au dos de la carte postale, il m'écrit :

*Salut, Timothée !*

*J'ai trouvé ces jumelles dans une boutique hors taxes, au cours d'une de mes longues attentes en transit. Je me suis rappelé que tu rêvais d'en avoir pour observer les oiseaux.*

*Je te les offre pour te remercier du petit bonhomme en bois que tu as sculpté pour moi et qui m'accompagne partout. C'est mon talisman.*

*Dans deux jours, je serai enfin au pied de l'Ama Dablam, prêt pour son ascension. Qui sait ? Peut-être que, comme Tintin, je croiserai le yéti ?*

Avec mon parrain Pierre, on ne sait jamais s'il blague ou s'il est sérieux. En dessous de sa signature, il ajoute en post-scriptum :

*J'espère que tu passes de bonnes vacances. Fais bien attention à toi.*

S'il savait !!!

*******

Le nouveau voisin est arrivé ! Mes nouvelles jumelles braquées sur la fenêtre de son salon, je le vois au milieu des boîtes que les déménageurs ont entassées les unes sur les autres.

Il arrache le ruban adhésif d'une grande boîte et en sort un ordinateur. Il l'installe sur une table qu'il a tirée près de la fenêtre. Peut-être que, comme ma mère, il travaille à la maison ? Je me demande quel métier il fait.

Tiens, le voilà qui se dirige vers la petite pièce d'à côté, qui semble vide. Oh ! Qu'est-ce que c'est ? J'ai cru voir passer un gros oiseau devant la fenêtre. Non, je dois avoir des hallucinations. Ça ne me vaut rien de rester enfermé. J'aurais besoin de me rafraîchir les idées!

Le temps de faire la mise au point et il n'y a plus personne dans la pièce.

– Ce sont les oiseaux que tu observes si attentivement, Timothée?

La voix de ma mère me fait sursauter. De surprise, je lâche mes jumelles. Heureusement que je les avais suspendues à mon cou. Je me ressaisis et, un peu honteux du mensonge que je me prépare à dire, je réponds rapidement:

– Oui, oui. Il y a des oiseaux dans la haie de thuyas, en face. J'ai même vu un cardinal rouge.

– Ton père avait donc raison quand il affirmait qu'un couple de cardinaux nichaient dans les environs, remarque-t-elle, satisfaite.

Ouf! J'ai failli me faire prendre en flagrant délit d'espionnage. Avec, à côté de moi, le pinson qui s'égosille au même rythme que la musique à la radio, je n'ai pas entendu ma mère remonter de son bureau.

À l'avenir, il faudra que je fasse plus attention si je veux devenir un bon espion.

Contente de me voir occupé, ma mère retourne à son travail.

Je reprends mon guet. Je fais la mise au point pour avoir une meilleure vue du salon. Tout au fond de la pièce, il y a un très grand contenant, mais je le vois mal car il fait sombre à cause des caisses empilées le long des murs.

À force de regarder, je distingue… des barreaux? Est-ce possible? Oui, c'est une cage, et elle atteint presque le plafond. Oh! Il y a une masse qui se déplace à l'intérieur! On dirait un animal immense.

S'il est en cage, c'est qu'il est féroce, sinon pourquoi serait-il enfermé? Ou alors, c'est parce que le voisin ne veut pas l'avoir dans les jambes.

J'attends un long moment. Rien ne se passe. Enfin, le voisin réapparaît. Mais, est-ce que je vois bien? Il tient une souris blanche par la queue. Il la garde ainsi suspendue un moment, puis il la lâche. La pauvre souris doit être assommée, ou même morte sur le coup! Quelle cruauté!

Décidément, ce nouveau voisin a un drôle de comportement. Je vais le surveiller de plus près.

## Chapitre 4

# L'orage menace

**D**epuis quelques jours, le voisin garde les rideaux de son salon fermés. Sa voiture, une vieillerie couverte de plaques de rouille, n'a pas bougé de l'allée. Qu'est-ce qu'il fabrique? Ce n'est pas normal de s'encabaner comme ça!

JE M'EMMERDE CARRÉMENT! Il ne se passe absolument rien d'intéressant. La télé ne diffuse rien de neuf à part des documentaires et je suis fatigué de la radio. Comme si je n'avais pas assez d'ennuis, j'ai laissé tomber le baladeur de Théo. Je crois bien qu'il est cassé; en tout cas, il ne fonctionne plus.

Ma mère fait ce qu'elle peut, mais chaque fois qu'on joue une partie de dames ou de dés, je la vois qui jette des coups d'oeil à sa montre. De toute façon, j'en ai marre, tout m'ennuie. Quand je pense que, sans ma malchance habituelle, je serais au camp avec Gabrielle et Théo.

Avant de commencer sa journée de travail, ma mère s'assure toujours que j'ai tout ce qu'il faut à portée de main. Ce matin, elle m'annonce :

– À 10 heures, je reçois un nouveau client, mais cet après-midi, je prends congé. Un petit répit me fera du bien.

Je ne réagis pas. Que ma mère travaille ou pas, je ne vois pas ce que ça change. Elle ajoute :

– Après tout, c'est l'été, il faut bien en profiter.

C'est comme si ma mère venait d'ouvrir les vannes d'un barrage, je me mets à pleurer. Elle ne se rend pas compte de ce qu'elle dit ! Comment est-ce que je pourrais « profiter » de l'été, enfermé entre quatre murs et dans l'état où je suis ?!

– Tu verras, dit-elle, en faisant semblant de ne pas voir mes larmes, j'ai une idée.

*******

34

À midi, tandis que nous finissons de manger une pizza, elle dévoile son projet :

— Tiens-toi prêt, on sort.

Je manque d'avaler de travers.

— Maman ! Comment veux-tu que je sorte ?

— Attends, tu vas voir ! J'ai ce qu'il nous faut, déclare-t-elle en quittant la pièce.

J'entends la porte du garage qui s'ouvre et se referme. Mais qu'est-ce que ma mère fabrique ?

La voilà qui revient, triomphante. Elle tire derrière elle la voiturette que Gabrielle utilise pour distribuer les journaux. Non, ce n'est pas vrai !

— Tu ne veux quand même pas que j'embarque dans ce truc-là !

— Et pourquoi pas ? réplique-t-elle. Avec un petit coussin, ce sera très confortable.

Je ne suis pas convaincu du tout. Je proteste avec énergie :

— J'aurai l'air de quoi là-dedans ? On va rire de moi !

— Voyons donc, Timothée ! s'exclame ma mère. Ce n'est pas une raison pour t'empêcher de sortir. De toute façon, tous tes amis ont quitté la ville, non? Et puis, on n'ira pas loin.

Quand ma mère décide de quelque chose, c'est presque impossible de la faire changer d'avis. À quoi bon se rebeller? Après tout, un peu de soleil ne me fera pas de tort. Au contraire.

Zut! Pourquoi faut-il que ma mère choisisse un coussin fleuri rose bonbon et jaune banane! Je fais la grimace.

— Maman! il est affreux, ce coussin!

— Timothée, sois raisonnable. Une fois que tu seras assis dessus, on ne le verra plus. Bon, tu es prêt?

Sans attendre ma réponse, elle me soulève de mon fauteuil et se penche pour me déposer dans la voiturette. J'atterris un peu rudement sur le coussin.

— Ouille ouille ouille!

Ma mère s'excuse et essaie de m'installer confortablement. Avant de sortir, elle veut encore que je mette une casquette et que je m'enduise de crème solaire. Je ronchonne:

— Mais enfin, tu as dit qu'on ne sortait pas longtemps!

Ma mère hausse les épaules; son entrain a disparu. Au moment où je crois qu'elle va abandonner son projet, elle décide :

— Bon, on y va, Timothée. Cramponne-toi.

À quoi veut-elle que je me retienne ? À part un petit rebord, il n'y a rien. La voiturette s'est à peine ébranlée que je glisse du coussin. Une autre secousse et ma mère s'arrête pour ouvrir la porte.

Soudain, j'ai peur. Comment ma mère pense-t-elle me faire franchir la marche ? Et si je dégringolais de la voiturette ? Avec la chance que j'ai, je pourrais me casser un bras.

Mais ma mère a une solution toute prête :

— Je vais te porter sur la pelouse en premier et, ensuite, je viendrai chercher la voiturette.

Assis sur le gazon, je suis frappé par toutes les odeurs autour de moi. La tête me tourne un peu. Finalement, je resterais bien là, à écouter les oiseaux chanter.

Ma mère ne m'en laisse pas l'occasion. Elle me réinstalle dans son véhicule de fortune et nous voilà partis pour de bon.

D'une main, je m'accroche à la voiturette secouée par les cahots ; de l'autre, je redresse ma casquette trop grande qui me tombe sur les yeux, tandis que ma mère me tire le long du trottoir.

Quand nous arrivons à hauteur du parc, je détourne la tête et je ferme les yeux. Le souvenir de l'accident me donne des élancements dans les jambes. Je gémis. Ma mère se retourne, inquiète.

– Ça ne va pas, Timothée ?

– J'ai mal au coeur, je voudrais rentrer à la maison.

Comme si cela ne suffisait pas, le vent se lève et, dans ma position au ras du sol, je ramasse tout dans la figure : la poussière et les vieux papiers sales qui tourbillonnent. Le ciel s'assombrit et des gouttes d'eau commencent à tomber. Ma mère fait demi-tour et se met à courir aussi vite qu'elle peut.

On tourne le premier coin de rue sur les chapeaux de roues ; on dirait de vrais cascadeurs. Je me retiens comme je peux pour ne pas basculer. Je veux crier, mais aucun son ne sort de ma bouche grande ouverte. C'est mon casque de vélo que j'aurais dû mettre au lieu de ma casquette ! Je vois le moment où je vais passer par-dessus bord et me fracasser le crâne.

Soudain, on crie derrière nous :

– Attendez, j'arrive !

Ma mère interrompt sa course folle. Un homme nous rejoint en courant, protégé par un immense parapluie qui le cache jusqu'aux épaules.

– Merci, monsieur Langevin. Vous tombez à pic, s'écrie ma mère.

J'entrevois un moment le visage de l'homme avant qu'il place son parapluie au-dessus de moi : c'est le voisin ! Comment ma mère peut-elle le connaître ? Et pourquoi est-il hors de chez lui en même temps que nous ? Drôle de coïncidence !

– Ce n'est pas de chance, pour une première sortie, constate-t-il, en marchant rapidement à côté de ma mère.

Comment sait-il que c'est la première fois que je sors depuis mon accident ?

La pluie qui tombe de plus en plus fort empêche toute conversation. Le voisin et ma mère, dont je ne vois plus que les jambes, se dépêchent.

Arrivés à la maison, le voisin dépose son parapluie et, tandis que ma mère ouvre la porte, il nous soulève, la voiturette et moi et nous dépose dans le couloir. En se redressant, il me dit :

– Je suis ton nouveau voisin. Tu peux m'appeler Lucas.

Mal à l'aise, je réponds par un signe de tête. C'est plus fort que moi, je me méfie toujours des adultes qui prennent un ton familier avec moi alors que je ne les connais pas encore. Ma mère, les cheveux dégoulinant de pluie, n'en finit pas de remercier le voisin, aussi trempé qu'elle.

– Je vous en prie, c'est tout naturel, lui répond-il. Vous m'avez rendu un fier service ce matin. Alors, si je peux vous aider...

Soudain, je comprends. Le nouveau voisin et le nouveau client de ma mère sont une seule et même personne ! Il n'empêche, je suis content de le voir enfin s'éloigner après cet échange de politesses.

Soulagé, je me retrouve dans mon fauteuil, en sécurité. Ouf ! Je respire mieux. On ne m'y prendra plus. Au diable les sorties au grand air !

## Chapitre 5

# Une découverte inquiétante

Cette nuit, il fait très chaud. Ma mère a laissé la fenêtre entrouverte pour que j'aie un peu de fraîcheur, mais je n'arrive pas à m'endormir à cause des démangeaisons sous le plâtre. Je ne peux pas me gratter, ça me picote partout, c'est insupportable! Et puis, il y a la pleine lune qui éclaire le salon presque comme en plein jour.

En me redressant en position assise, je vois qu'il y a de la lumière chez le voisin. Il ne dort pas, lui non plus. Il est exactement trois heures dix-huit. Que peut-il bien faire debout à une heure pareille? J'attrape mes jumelles posées sur l'étagère à roulettes que ma mère pousse chaque soir tout contre mon lit.

Installé devant l'écran de son ordinateur, le voisin a l'air très concentré. Ses doigts se déplacent à toute vitesse sur le clavier. Il s'arrête un moment pour boire à une grande tasse. Sans doute du café bien fort pour se tenir éveillé.

Je me demande quel métier peut l'obliger à travailler pendant que tout le monde dort ? À moins qu'il ne souffre d'insomnie ? Mais alors, ce qu'il boit ne doit pas contenir de caféine.

Soudain, je sursaute. Une ombre gigantesque se déplace sur le mur du fond ! Il me faut un moment pour comprendre qu'il s'agit de la silhouette de la mystérieuse bête encagée. Mais un animal d'une taille pareille, c'est un monstre ! Il faut être fou pour garder ça chez soi !

Chaque fois que le voisin se tourne vers la cage, la « chose » s'immobilise quelques secondes. Puis, elle reprend son va-et-vient. Son agitation me rappelle celle du malheureux lion que j'ai vu au zoo, l'an dernier. Le roi des animaux, comme on dit, faisait vraiment pitié.

Maintenant, le voisin se lève et se met à danser ! Par les fenêtres ouvertes, la

musique me parvient en sourdine. Si je ne craignais pas de réveiller ma mère, j'allumerais la radio, moi aussi, pour essayer de trouver quel poste il écoute. En tout cas, il se démène d'une belle façon! Cela semble calmer le monstre qui a interrompu son manège.

À présent que l'animal géant ne bouge plus, j'arrive à le distinguer un peu mieux. Et là, je comprends pourquoi il paraît si énorme. C'est parce qu'il se tient sur deux pattes, en position debout, comme un humain. Mais qu'est-ce que ça peut bien être?

J'abandonne un moment mes jumelles pour tenter de m'installer plus confortablement. Mon regard tombe sur la carte postale de mon parrain, que je n'ai pas encore rangée avec les autres. Soudain, ça me saute aux yeux! Bien sûr, la taille immense, la silhouette moitié homme, moitié singe… C'est un yéti! Incroyable! Le voisin garde un yéti dans son salon!!!

Je reporte les jumelles à mes yeux. Debout devant sa fenêtre, le voisin regarde dans ma direction! Vite, je me laisse tomber sur le dos; les jumelles rebondissent sur ma poitrine.

Le souffle court, j'attends quelques minutes avant de me redresser avec précaution. Le voisin n'a pas bougé. Est-ce qu'il m'a aperçu? Se doute-t-il de quelque chose? Mon coeur bat follement; j'ai une de ces frousses! Sans me servir de mes jumelles, je me force à le regarder.

Tout à coup, le voisin lève les bras; il ferme la fenêtre et tire les rideaux. Quelques instants plus tard, la lumière s'éteint. Ouf, je respire. Mon cadran lumineux affiche cinq heures quarante-cinq; il serait temps que je me repose. Mais avant, il faut que je note le comportement bizarre de mon voisin dans mon carnet d'observations:

1. Le voisin semble posséder un gros oiseau qui vole librement dans une pièce vide.
2. Il déteste les souris et, apparemment, il les tue d'une manière cruelle.
3. Il sort rarement de chez lui.
4. Il travaille la nuit sur son ordinateur.
5. Il garde un yéti encagé dans son salon.

Conclusion: cet individu est étrange et très inquiétant.

Je vais donc continuer à l'espionner. Je dois trouver une explication à ses agissements insolites. Pour cela, il va falloir que je m'adapte à son horaire et que je veille la nuit. Je n'aurai qu'à dormir le jour, pendant que ma mère travaille dans son bureau.

Chapitre 6

# Le clown

J'ai l'impression que je viens à peine de m'endormir lorsque ma mère me réveille en m'apportant mon bol de céréales. Encore tout ensommeillé, j'ai du mal à manger. Ma mère s'inquiète :

– Que se passe-t-il, Timothée ? Tu as un drôle d'air, ce matin.

– Je suis juste un peu fatigué. J'aimerais bien rester encore un peu dans mon lit.

Ma mère hésite un moment ; elle pose la main sur mon front pour vérifier que je ne fais pas de température. L'air rassuré, elle me répond enfin :

– Bon, c'est comme tu veux.

Soulagé, je ferme les yeux.

*******

Quand je me réveille pour de bon, il est onze heures et tout semble calme chez le voisin. Pour passer le temps, je regarde un film, puis je fais une autre petite sieste. La journée s'étire en longueur, entrecoupée seulement par des visites éclair de ma mère. Elle s'interroge sans doute sur ma fatigue inexplicable.

Enfin, l'heure du souper arrive. Ma mère me sert un spaghetti gratiné, mon plat préféré. Je vois que mon appétit la tranquillise. Nous bavardons un peu tandis que la nuit tombe. Je n'ai plus du tout sommeil, je me sens même en pleine forme. Ma mère, elle, n'arrête pas de bâiller.

Elle ne tarde pas à me dire bonsoir. Je lui demande de laisser la petite lampe allumée pour pouvoir lire une dernière BD. Habituellement, elle ne me permet jamais de veiller, mais depuis mon accident, les choses sont différentes.

– Tiens, ça me fait penser, dit-elle, que j'ai un livre pour toi. Attends, je vais le chercher, il est dans mon bureau.

Je ne peux évidemment pas lui avouer que je n'ai vraiment pas le goût de lire ce soir, ayant plus important à faire. Je la laisse donc m'apporter son bouquin. Qu'est-ce qu'un livre jeunesse faisait dans son bureau? Le titre ne me dit rien, mais un coup d'oeil au résumé m'apprend que c'est un roman policier. En temps normal, cela m'aurait intéressé, mais pour le moment, j'ai ma propre enquête à mener.

– Ne lis quand même pas trop tard, me recommande-t-elle.

– Non, non, promis.

Elle m'embrasse une dernière fois, puis elle monte se coucher.

Me voici enfin seul! Je me redresse dans mon lit et je m'empare de mes jumelles. Il y a de la lumière chez le voisin, mais pour le moment, le salon est vide. Je fais la mise au point sur la cage du yéti. Il a les deux bras au-dessus de sa tête. On dirait qu'il s'épouille.

Il s'interrompt brusquement. Un clown vient d'entrer dans la pièce. Je suppose que c'est le voisin. C'est incroyable, il s'est déguisé de la tête aux pieds. Il a vraiment tout l'attirail: la perruque loufoque, la salopette à pois et le maquillage. Il est complètement différent avec son énorme sourire rouge et ses épais sourcils blancs; il a même l'air sympathique.

Il se met à souffler dans un serpentin, puis se lance dans des pirouettes. Il est doué, le voisin! Il réussit même à faire la roue. Maintenant, il essaye de jongler avec des balles de tennis, mais elles tombent toutes à terre. Le spectacle est très amusant, je me retiens d'applaudir. Mais quelle drôle d'idée de se donner tout ce mal pour distraire un yéti!

Finalement, le voisin arrête son cirque et se place face à la cage. Comme il me tourne le dos, je ne vois pas ce qu'il fait. L'ombre géante, elle, le bras droit replié, amène sa main devant son menton puis l'abaisse doucement. Non mais, je rêve! Ce geste, je le reconnais. Cela veut dire «merci» dans le langage des signes utilisé par les personnes malentendantes. Je l'ai vu dans ce documentaire, l'autre jour, à la télé.

Le yéti vient de remercier le voisin qui à son tour salue et s'éclipse en sautillant comme un clown quittant la scène! Je suis sidéré! Le yéti est capable de communiquer par gestes; cela veut dire que c'est un animal extrêmement intelligent. C'est extraordinaire!

Un long moment se passe. La silhouette du yéti, projetée sur le mur,

reste immobile. C'est comme s'il attendait le retour du clown. Mais c'est le voisin qui revient; il a repris son apparence normale, son visage est débarbouillé et il est en pyjama.

Sans plus s'occuper de son animal fabuleux, il se remet au travail. Je ne comprends pas pourquoi le voisin garde une telle découverte secrète au lieu de l'annoncer au monde entier. Il pourrait gagner beaucoup d'argent et s'acheter une voiture neuve.

En tout cas, si j'avais la chance inouïe de posséder un animal aussi extraordinaire, je ne le garderais pas enfermé. Je l'emmènerais partout avec moi, je lui apprendrais des tas de trucs, j'en ferais une vedette.

Une chance pareille, ça ne risque pas de m'arriver. Alors, autant dormir et rêver pour de bon.

## Chapitre 7
# Le visiteur

DING, DONG!

Je me demande qui peut bien sonner à la porte, nous n'attendons pas de visite. C'est certainement quelqu'un qui est venu à pied parce que je ne vois aucune voiture garée, ni dans la rue ni dans l'allée.

Depuis mon accident, je suis devenu très observateur, tous les détails me semblent importants : je passe mon temps à réfléchir à ce que je vois, à ce que j'entends et j'essaye de deviner ce qui se passe en dehors de ma vue. J'ai tout le temps pour ça.

DING, DONG!

– MAMAN, ON SONNE!

Ma mère remonte rapidement de son bureau.

– J'ai entendu, Timothée, ce n'est pas la peine de crier.

Elle se dépêche d'aller ouvrir.

– Bonjour, madame Letendre. J'espère que je ne vous dérange pas trop…

Cette voix! Je la reconnais aussitôt. Qu'est-ce que le voisin vient faire chez nous? Habituellement, les clients de ma mère se présentent à l'autre entrée, sur le côté, celle qui donne accès à son bureau.

– J'ai apporté un petit cadeau pour votre fils, explique-t-il.

Ma mère s'écrie:

– Comme c'est gentil de votre part!

Pourquoi un étranger m'offrirait-il quelque chose? Je trouve ça louche! Et ma mère qui lui fait des politesses!

Je n'ai pas le temps de me donner une contenance qu'ils entrent déjà au salon. Le voisin s'approche de mon fauteuil et me tend une vieille boîte de carton pleine de trous.

– Fais bien attention en l'ouvrant, me recommande-t-il, il pourrait s'échapper.

Ma mère me regarde avec insistance. Je comprends son signal, elle veut que je dise merci pour le cadeau avant même de savoir ce que c'est.

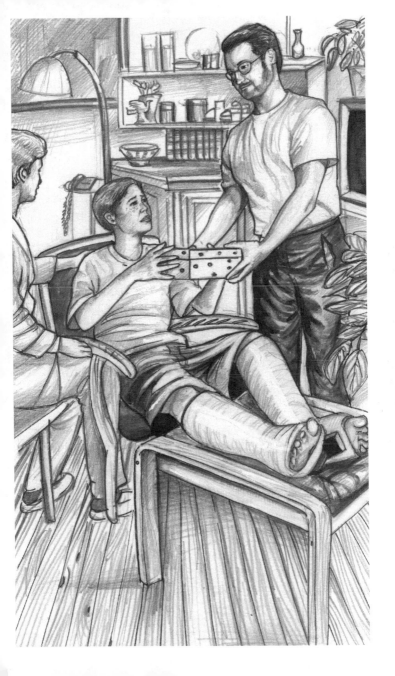

Mais pas un mot ne sort de ma bouche. Elle ne se rend pas compte du danger, elle ignore tout des bizarreries de son client.

Tous les deux, ils ont les yeux fixés sur moi; ils attendent que j'ouvre la boîte. Pourvu que ce ne soit pas une souris, je déteste ces bestioles!

Enfin, je me décide. Les mains légèrement tremblantes, je soulève le couvercle avec précaution, prêt à le refermer aussitôt. Surprise: c'est un pinson et il est aussi multicolore que le mien. On dirait son jumeau à une plume près.

– J'ignorais que tu en avais déjà un, dit le voisin.

– Ce n'est pas grave, intervient ma mère, ils se tiendront compagnie. N'est-ce pas, Timothée?

Je suis incapable de répondre; mécontente, ma mère fronce les sourcils.

Comme si tout se passait normalement, le voisin me reprend la boîte des mains puis, se tournant vers ma mère, il demande:

– Vous permettez?

Sans attendre la réponse, il sort délicatement le pinson de la boîte et le place dans la cage avec le mien, qui l'accueille en chantonnant.

Le voisin est aussi à l'aise que s'il était dans son salon! Il me fait un clin d'oeil puis me lance:

— Tu n'auras pas besoin de tes jumelles pour observer ces deux-là.

Je m'en doutais! Il sait que je l'espionne! Je suis raide de peur. Ma mère, qui n'a aucune idée du double sens de ces mots, réplique en riant:

— C'est vrai que Timothée adore observer les oiseaux. Ses jumelles ne le quittent pas! Même la nuit.

Ça y est, je suis perdu! Ma mère vient de me dénoncer sans le savoir! Le voisin a l'air très content. Soudain, il se frappe le front comme s'il se rappelait quelque chose.

— Ah, je sais comment je vais pouvoir emmener Timothée en balade! s'exclame-t-il.

Quoi!? Mais qu'est-ce qu'il raconte? Et de quoi se mêle-t-il? Une sortie en voiturette m'a suffi. Je n'ai aucune envie de recommencer. J'essaie désespérément de capter le regard de ma mère tandis que le voisin explique:

– Je possède un fauteuil roulant dont je n'ai jamais eu le coeur de me séparer car il a appartenu à mon grand-père. C'est une vieillerie, mais elle peut encore servir.

– Tu vas voir, me dit-il, ce sera beaucoup plus confortable que dans ta voiturette. On pourrait aller jusqu'au canal.

S'adressant à ma mère, il ajoute :

– J'aime me promener le long de l'eau. Ça m'inspire.

Pourquoi a-t-il besoin d'inspiration ? Et pourquoi veut-il m'emmener au bord de l'eau ? Aurait-il l'intention de se débarrasser de moi ?

– Je ne voudrais pas abuser de votre gentillesse, lui répond ma mère, mais je pense que cela ferait un bien énorme à Timothée de sortir.

Là, je n'en crois pas mes oreilles !

Puis, se tournant vers moi, elle me demande :

– Eh bien, Timothée, tu es devenu muet ?

Je m'efforce de sourire en signe d'acceptation. Que puis-je faire d'autre ? Satisfait, le voisin déclare :

– Parfait! S'il fait beau, je viendrai te chercher demain, en début d'après-midi.

Je n'ai plus qu'un souhait, qu'il pleuve à boire debout! Le voisin enfin parti, j'allume le téléviseur en quête des prévisions météo. Zut, zut et rezut! On annonce du beau temps pour demain. Je suis fichu!

## Chapitre 8

# Face au danger

Comme l'autre nuit, le voisin est à sa table de travail et le yéti tourne en rond dans sa cage. Je commence à être fatigué de faire le guet. Quand il ne se passe rien, c'est difficile de rester éveillé. Et en plus, c'est d'un ennui !

Soudain, le voisin se lève pour répondre au téléphone. Après un bref échange, il raccroche, puis quitte le salon en éteignant la lumière.

Un moment plus tard, il sort de chez lui, monte dans sa voiture déglinguée et démarre dans un bruit d'enfer. Je vois disparaître les feux arrière de son bazou au coin de la rue.

Je note ce nouveau fait dans mon carnet. Il est exactement une heure et quatre minutes. Il doit avoir une bonne raison pour sortir ainsi en pleine nuit. Mieux vaut garder l'oeil ouvert.

La position couchée étant plus confortable, je m'étends en attendant le retour du voisin. Je ne risque pas de le manquer vu le boucan que fait sa guimbarde.

Pour être prêt, je garde mes jumelles pendues à mon cou et, d'une main, je les retiens sur ma poitrine. Pour ne pas m'endormir, je pense à mon parrain. Dommage que je ne puisse pas lui parler de ma découverte.

*******

Un bruit de moteur me fait sursauter. Je reprends aussitôt ma position de guetteur. Le voisin vient de sortir une cage de son auto; il la dépose à terre, le temps d'ouvrir la porte du garage. La lumière de l'entrée tombe directement sur la cage. On dirait qu'il y a un chat à l'intérieur.

J'ajuste mes jumelles et je distingue alors très nettement la longue queue touffue et les deux bandes blanches sur le dos de l'animal. Le voisin a ramené une mouffette! S'il se fait arroser du liquide

puant, ce sera bien fait pour lui. Quelle idée de capturer une mouffette !

En attendant que le voisin apparaisse dans son salon, j'essaie de trouver une position plus confortable. Le bruit de frottement du plâtre sur le drap de lit réveille les pinsons jumeaux qui s'agitent sur leur perchoir. Pourvu qu'ils ne se mettent pas à chanter ! Ma mère risquerait de les entendre. Je reste le plus immobile possible, en attendant qu'ils se rendorment.

Le comportement du voisin est de plus en plus intrigant. Que fait-il avec ces animaux sauvages chez lui ? C'est sûrement illégal. Et s'il faisait partie d'une secte secrète ? Cette idée me donne la chair de poule car qui dit secte, dit rituels et même, parfois, sacrifices.

Il n'y a pas de doute, le voisin est un homme bizarre qu'il vaut mieux ne pas fréquenter.

La lampe près de la table de travail se rallume. Au lieu de s'asseoir, le voisin vient se placer à sa fenêtre et soudain… il me fait un signe de la main, comme s'il me voyait ! Le message est clair : il sait que je l'espionne ; son geste me le confirme.

Le voisin referme la fenêtre et tire les rideaux.

*******

Comme prévu, il fait soleil et il n'y a pas un seul nuage à l'horizon. Dans quelques minutes, le voisin va venir me chercher. Il ne me reste plus grand temps pour trouver un moyen d'échapper à cette sortie.

Mais comment convaincre ma mère? Le voisin cache tellement bien son jeu! Si elle savait quel genre de personne est vraiment son nouveau client, elle ne me répéterait plus à quel point elle le trouve gentil, généreux et sympathique.

Lorsqu'elle vient me rejoindre au salon, je m'essaie une dernière fois:

— Finalement, je n'ai plus tellement le goût de sortir. J'aurais plutôt envie de lire.

— Voyons, Timothée, réplique ma mère, tu auras tout le temps de lire plus tard. Cela te fera du bien de prendre l'air, tu es tout pâle.

N'ayant plus rien à perdre, je déclare carrément:

— Je n'aime pas cet homme!

Abasourdie, ma mère s'exclame :

— Mais qu'est-ce que tu racontes ?

— Je t'assure, il est bizarre.

— Qu'est-ce qui te fait dire ça ? demande ma mère. Saurais-tu, par hasard, quelque chose que j'ignore ?

J'hésite. J'aimerais lui expliquer tout ce que j'ai appris en espionnant le voisin, mais j'ai peur de sa réaction.

Ma mère secoue la tête.

— Je parie que tu as encore succombé à ton penchant d'imaginer des vies secrètes aux gens que tu ne connais pas.

Je lui fais remarquer :

— Justement, on ne sait rien de lui et tu nous dis toujours de nous méfier des étrangers.

— Lucas Langevin est mon client, ce n'est donc pas un étranger, réplique-t-elle, agacée.

C'est inutile d'argumenter avec ma mère. Elle poursuit :

— Je connais notre voisin mieux que tu ne le penses et tu vas me faire le plaisir de te conduire en personne raisonnable. D'ailleurs...

Le carillon de la porte d'entrée l'interrompt. Elle s'empresse d'aller ouvrir au voisin qui est d'une humeur très joyeuse. Tous les deux, ils se réjouissent de la belle journée ensoleillée alors que moi, je rêve qu'il pleuve à torrents.

– Prêt pour la balade, Timothée? me demande le voisin, d'un ton amical.

N'ayant pas le choix, je réponds «oui» du bout des lèvres.

– Tiens, tu pourrais emporter ton baladeur, me suggère-t-il.

Je saute sur cette occasion inattendue. Si j'avoue l'avoir cassé, ma mère me privera peut-être de sortie. En la regardant, je dis:

– Il est brisé.

– Vraiment ? s'étonne le voisin. Ces objets sont pourtant construits solidement. Laisse-moi y jeter un coup d'oeil.

Il s'empare du baladeur, ouvre le boîtier, retire les deux piles de leur compartiment et les lèche!!!

– Les piles ont tout bonnement rendu l'âme, explique-t-il.

Zut! J'aurais dû y penser! Sans se préoccuper de mon air honteux, il propose:

– On y va ?

En deux temps, trois mouvements, il me transporte jusqu'au fauteuil roulant qu'il a amené devant notre porte. Pendant qu'il m'installe, je me tiens raide comme une barre de métal en souhaitant que son antiquité se démantibule sous mon poids. Mais rien de tel ne se produit, évidemment, j'aurais trop de chance! Ce vieux truc est indestructible.

Tandis que le voisin échange encore quelques mots avec ma mère, je songe à fuir en manoeuvrant moi-même le fauteuil, mais avec ma malchance habituelle, je verserais sans doute aussitôt, me couvrant de ridicule.

De toute façon, il est trop tard, le voisin me pousse déjà dans la rue. Je jette un regard en arrière. Ma mère, l'air heureux, me fait un petit signe d'adieu. Elle ne se doute pas une seconde de ce qui se trame!

## Chapitre 9
# Tout s'explique!

Les roues du fauteuil roulant grincent horriblement tandis que nous nous dirigeons vers le canal. Les gens dans la rue se retournent sur nous. C'est terriblement gênant! Mais je réfléchis et je me dis que, dans un sens, c'est une bonne chose. Cela fait beaucoup de personnes qui nous voient ensemble, lui et moi. Tout le monde se souviendra du garçon aux deux jambes plâtrées et aux cheveux roux.

Et puis non, le voisin ne peut rien tenter en plein jour, c'est évident. S'il a vraiment l'intention de se débarrasser de moi, il faudra qu'il agisse de nuit. Ouf, je respire mieux, j'ai du temps devant moi pour me tirer de ce mauvais pas.

Je crois qu'en rentrant, je vais tout avouer à ma mère. Tant qu'à être puni pour espionnage, je préfère que ce soit par elle plutôt que par le voisin. La punition sera moins sévère. Et puis, grâce à son métier, elle connaît les lois par coeur, elle trouvera sûrement le moyen de me protéger.

Ces pensées rassurantes me calment. La situation n'est peut-être pas aussi dramatique que je l'imagine. Il y a sans doute une explication au comportement étrange du voisin. Il faudrait que j'aie le courage de l'interroger. Mais pour le moment, il ne semble pas d'humeur à bavarder; il n'a pas encore dit un seul mot depuis que nous sommes partis.

Le canal atteint, au lieu de continuer sur le chemin, il bifurque sur le gazon. Il me tire jusqu'à un banc, au bord de l'eau. Il s'assied puis, se tournant vers moi, il dit:

– Ta mère et moi, nous avons convenu qu'il était préférable que je te mette au courant, étant donné ta grande curiosité à mon égard.

J'ai le coeur qui cogne dans la poitrine tellement je suis saisi. Qu'est-ce que ma

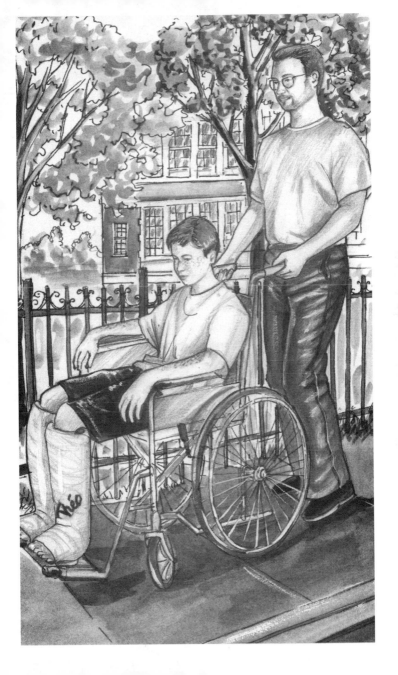

mère vient faire là-dedans ? De quoi parle-t-il ?

– Grâce à tes jumelles, tu as aperçu ce pauvre Charlie et tu te demandes certainement ce que fait un chimpanzé dans mon salon.

Un chimpanzé ? Soudain, je me sens rougir de honte. Comment ai-je pu confondre un chimpanzé avec un yéti ? Mon parrain lui-même me l'a affirmé : le yéti est un animal de légende. Personne ne l'a jamais vu. Toutes les photos qu'on voit de lui sont des trucages. On dirait que de rester enfermé m'a troublé l'esprit ! Et puis, cette ombre sur le mur, elle paraissait si énorme !

– Charlie, m'explique le voisin, est un chimpanzé que je garde en attendant que nous lui trouvions un refuge plus approprié.

Je retrouve enfin la parole :

– Nous ? Je croyais que vous viviez seul.

– Quand je dis nous, je veux parler de l'organisme dont je fais partie et qui se porte à la défense des animaux maltraités. Vois-tu, Charlie servait de cobaye dans un laboratoire médical et les doses massives de médicaments qu'on lui administrait le rendaient très malade.

– Vous l'avez enlevé?

– Non, cela n'aurait pas été possible. C'est un des chercheurs du laboratoire qui a organisé son sauvetage avant de démissionner.

Impressionné par ces révélations, j'écoute le voisin de toutes mes oreilles. Il poursuit:

– Le chercheur avait remarqué l'intelligence de Charlie qui, arrivé depuis peu au laboratoire, n'avait pas encore perdu son caractère sociable. Sachant qu'il était possible de communiquer avec des chimpanzés grâce à la langue des signes, il avait commencé à en apprendre les rudiments à Charlie. Il n'avait pas prévu que cela transformerait ses rapports avec le chimpanzé et qu'il se prendrait d'affection pour lui.

Il s'interrompt un moment puis, en soupirant, il déclare:

– Charlie est très attachant.

– Si vous l'aimez vraiment, pourquoi est-ce que vous l'enfermez dans une cage?

– Arrivé à l'âge adulte, le chimpanzé est d'une puissance étonnante. Même sans le vouloir, Charlie pourrait me blesser. De plus, son séjour au laboratoire a fini par le perturber et il a parfois des réactions imprévisibles.

En riant, il ajoute :

– Je dois aussi tenir compte de mes autres pensionnaires, même s'ils ne sont que temporaires, comme Victor.

– Victor ? Qui est Victor ?

– C'est un python, le grand dévoreur de souris, comme tu le sais, me répond-il en faisant un clin d'oeil.

– Vous l'avez sauvé, lui aussi ?

– Lui, comme le balbuzard blessé et la mouffette capturée puis abandonnée dans une cour. Mais ces deux-là, je vais pouvoir les remettre en liberté. Victor, lui, va très bientôt trouver sa place dans un zoo. Il y sera mieux que dans le terrarium d'où il s'est probablement échappé.

Tout s'éclaircit dans ma tête ! C'est comme quand on arrive enfin à placer au bon endroit toutes les pièces d'un casse-tête. Pourtant, non, il y a encore un point à expliquer.

– Si vous pensez que les animaux doivent vivre en liberté, pourquoi est-ce que vous m'avez offert un pinson ?

– Tout simplement parce que, lui aussi, je l'ai recueilli. Je l'ai aperçu dans l'arbre en arrière de chez moi. Comment s'est-il retrouvé à l'air libre, je l'ignore. Mais je ne pouvais pas le laisser là. Il n'aurait pas survécu; il serait mort de froid ou de faim. Notre climat est trop rude pour ces petits oiseaux nerveux. On ne devrait pas s'en procurer. Mais quand on en a déjà un, il vaut mieux le garder à la maison.

Il se tait un moment avant de reprendre:

– Timothée, j'aimerais vraiment que la présence de Charlie reste secrète. Cela me compliquerait trop la vie si tout le quartier était au courant. Je risquerais d'avoir de gros problèmes. Mais je pense que je peux te faire confiance, n'est-ce pas?

Mon coeur bat plus vite, mais ce n'est plus de peur. Fièrement, je réponds:

– Oui, bien sûr… Lucas.

– Merci, dit-il en me serrant la main, je savais que je pourrais compter sur toi.

Comme mon parrain, Lucas est un homme hors de l'ordinaire. Je suis drôlement content de le connaître.

*******

Sur le chemin du retour, une dernière question me vient à l'esprit. Je me tourne vers Lucas pour lui demander :

– Qu'est-ce que tu écris, la nuit ?

– Comment, me taquine-t-il, tu n'as pas deviné ? J'écris des romans pour les jeunes.

– Ouah ! Vraiment ?!

– Oui. D'ailleurs, j'ai donné à ta mère un exemplaire du dernier roman que j'ai publié.

Je reste interloqué. Lucas rit.

– Même un bon espion ne pouvait pas me découvrir. Je signe tous mes romans d'un pseudonyme, m'avoue-t-il.

Extraordinaire ! Maintenant, je connais un écrivain et il est devenu mon ami. Finalement, mon été n'a plus rien d'abominable !

# Table des matières

1. Ça tourne mal ! .................................. 7

2. Changement de programme ............ 17

3. Drôle de moineau ............................. 27

4. L'orage menace ................................. 33

5. Une découverte inquiétante ............ 43

6. Le clown ........................................... 49

7. Le visiteur ........................................ 55

8. Face au danger ................................. 63

9. Tout s'explique ! ............................... 71

## Dans la même collection :

### 1. LA FORÊT DES SOUPÇONS
*Josée Plourde*

Qui donc a intérêt à tenir Fanie et sa bande loin de la forêt ? Les méchants Trottier peut-être ? Une mystérieuse histoire de braconnage où le coupable n'est pas facile à démasquer.

### 2. LES YEUX DE PÉNÉLOPE
*Josée Plourde*

Que faire lorsqu'on tombe en amour avec un chien-guide qui devra bientôt partir pour servir d'yeux à un aveugle ? Voilà de quoi bouleverser la vie d'Andréanne, la meilleure amie de Fanie.

### 3. ENQUÊTE SUR LA FALAISE
*Jean-Pierre Guillet*

Un faucon qui titube dans le ciel, un camion-citerne dissimulé dans le bois, un voisin qui tombe malade... Guillaume et Julie rassemblent fiévreusement les indices. Arriveront-ils à mettre la main au collet du pollueur ?

### 4. MYSTÈRE AUX ÎLES-DE-LA-MADELEINE
*Jean-Pierre Guillet*

Qui est le mystérieux personnage qui arpente à la dérobée la plage du camp de vacances ? Un espion ? Guillaume et sa soeur Julie ont l'inconnu à l'oeil, mais leur curiosité leur coûtera cher...

### 5. LES AMOURS D'HUBERT
*Josée Plourde*

Hubert aime plein de choses, surtout Grand-maman, la photographie, les ratons laveurs, Macadam et Marie Pasedano, la petite Italienne aux yeux moqueurs. L'histoire inoubliable d'un garçon tendre, de sa grand-maman et du chien trouvé qui fera leur bonheur.

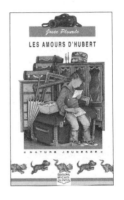

### 6. PICCOLINO ET COMPAGNIE
*Pascale Rafie*

Piccolino, le petit canari, ne chante plus. Laura a tout essayé pour le consoler: les mots doux, les graines spéciales, la musique des Beatles, même les grands airs d'opéra. Rien n'y fait. Peut-être lui faut-il une compagne ? Ah ! l'amour, l'amour, comme c'est compliqué !

## 7. LE RÔDEUR DES PLAGES
### *Jean Pelletier*

« Le rôdeur des plages embarque ses victimes dans sa chaloupe le soir et les jette par-dessus bord dans la mer. » Qui est cet inquiétant personnage qui hante les nuits de Fred ? Notre héros mène une intrépide enquête pour découvrir son identité... et fait l'une des plus belles rencontres de sa vie !

## 8. HUBERT ET LES VAMPIRES
### *Josée Plourde*

Hubert est terrorisé. Il y a un vampire à Montréal ! Sur la galerie d'une maison-château du plateau Mont-Royal... Hubert réussira-t-il à convaincre ses amis François, Sonia et Marie du danger qui plane sur eux ?

## 9. DES ENNUIS À COUP SÛR
### *Jean Pelletier*

Quand ça va mal, ça va mal ! Julie ne sait plus que faire de tous ses pensionnaires à quatre pattes. Un petit roman très drôle pour tous ceux et celles qui aiment les minous.

## 10. LE SECRET DU LAC À L'AIGLE
### Dayle Gaetz

Des coups de feu tout près, en dehors de la saison de la chasse ? Katie et Justin, en randonnée dans la forêt, sont pétrifiés. C'est le début d'une enquête passionnante pour les deux jeunes détectives. Qui a tiré ? Le coupable s'attaque-t-il aux humains, aux aigles ?

## 11. UNE VIE DE FÉE
### Laurent Chabin

Malourène n'est pas une petite fée ordinaire... Elle parle aux animaux de son jardin, elle vient en aide à un roi mouillé, elle tombe en amour avec un drôle de prince. Quatre histoires amusantes et tendres sur une jeune fée remplie de sagesse mais pas prétentieuse pour deux sous...

## 12. CARRIACOU
### Nicole M.-Boisvert

Florence est morte d'inquiétude. Carriacou, son cheval adoré, a disparu de l'écurie ! Et le concours d'équitation qui approche... Carriacou s'est-il sauvé ? Quelqu'un l'a-t-il volé ?
Carriacou, c'est l'histoire d'une nouvelle amitié, née d'une grande passion pour un cheval.

## 13. L'ARGOL ET AUTRES HISTOIRES CURIEUSES
### *Laurent Chabin*

Huit histoires bizarres où Gaël et son frère Gilian trouvent : des scorpions qui donnent la chair de poule, des friteuses qui traversent les comètes, des araignées qui apparaissent et disparaissent, des loups qui philosophent, des arbres qui pleurent, des villes qui ne sont pas sur les cartes, et, surtout, de mystérieux argols...

## 14. L'ÉNIGME DE L'ÎLE AUX CHEVAUX
### *Nicole M.-Boisvert*

François est à bout de patience et de forces. Reverra-t-il jamais son cheval adoré, son beau Pacho?

Sa grande amie Florence s'engage à le retrouver. Elle et son frère Marco flairent une curieuse piste: un tableau qui les a laissés bouche bée au musée...

## 15. LE MENSONGE DE MYRALIE
### *Nicole M.-Boisvert*

Depuis l'arrivée de Myralie à l'école, en plein mois de mars, Jonathan s'interroge. La nouvelle venue aux yeux bridés a l'air triste. Et l'autre jour, elle a osé fouiller dans ses poches pendant qu'il avait le dos tourné!

Quand il découvrira la vérité sur Myralie, Jonathan aura beaucoup de chagrin pour sa petite copine.

### 16. DRÔLE DE SINGE!
*Éric Girard*

Jusqu'à aujourd'hui, Benoît aurait juré que les singes se trouvent dans la forêt ou bien au zoo. Eh bien non! Il y en a un tout près de chez lui. Et il porte même un nom : Loumi.

Qu'est-ce qu'un singe fait donc chez la nouvelle voisine?

Benoît décide de trouver la réponse à cette intéressante question.

### 17. UN ÉTÉ ABOMINABLE
*Diane Groulx*

Timothée est le garçon le plus malchanceux de la terre. La preuve : la dernière journée d'école, une autre catastrophe survient dans sa vie. Il se retrouve alors coincé à la maison pour une bonne partie de l'été.

Pour Timothée, c'est le début d'un été abominable.

# ANNULÉ

**AGMV** Marquis

MEMBRE DU GROUPE SCABRINI

Québec, Canada
2001